AF340432

QUESTION

DE

LA RÉGENCE

PAR UN VIEUX PUBLICISTE

PREMIÈRE PARTIE

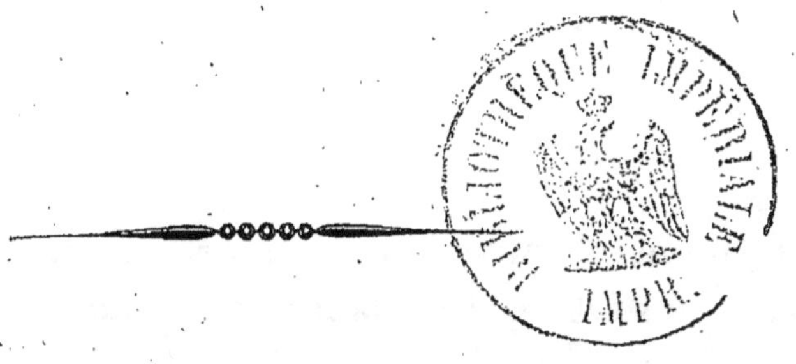

PARIS

IMPRIMERIE DE H. FOURNIER ET Cⁱᵉ

RUE SAINT-BENOIT, 7.

Juillet 1842

QUESTION

DE

LA RÉGENCE.

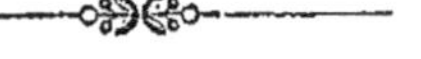

Paris, 22 juillet 1842.

A la première nouvelle de la mort de M. le duc d'Orléans, il s'est produit dans l'opinion un mouvement remarquable, dont la presse quotidienne a rendu l'expression. D'une part, les minorités vaincues, sous la première impression de tristesse que devait causer à tous les gens de cœur une catastrophe aussi funeste, laissèrent percer cependant cette satisfaction secrète et nécessaire d'une espérance qui se réveille tout à coup. D'autre part, la grande majorité, dévouée aux institutions nouvelles, parut sentir que le moment approchait de faire face à l'ennemi ; que les questions de détail, qui ont leur importance à l'époque de la sécurité, descendent à un rang secondaire devant un péril imminent ; qu'enfin, il est des circonstances où un grand parti doit faire trêve à ses divisions intestines, et pourvoir, avant tout, à l'intérêt général. Aussi vit-on toutes les fractions du parti dynastique se replier sur leur centre par une évolution commune, et comme pour se rallier.

Ce premier mouvement ne se prolongea pas.

Quand on eut réfléchi, on s'aperçut bien, de tous les côtés, que la situation était plutôt aggravée que compromise, et qu'il n'y avait lieu pour aucun parti, soit à des espérances dès aujourd'hui fondées, soit à des craintes qui dussent faire oublier les autres intérêts bien graves aussi qui s'agitent présentement. On reconnut qu'il y avait à résoudre une nouvelle question, d'un ordre supérieur sans doute et qui devait primer toutes les autres, mais non les ajourner.

Dès lors qu'arriva-t-il ? chacun reprit son rôle. Les partis anti-dynastiques se remirent à combiner les attaques qu'ils dirigent, depuis douze années, contre tous les systèmes, dans un but de destruction ; l'opposition constitutionnelle, sous ses différentes bannières, continua la campagne qu'elle a noblement entreprise contre un ministère anti-national ; et le ministère, suivant ses habitudes bien connues, songea à exploiter, au profit d'une mesquine ambition et contre les intérêts de la France, un malheur que la France déplore. La lutte ainsi engagée, deux questions principales se posèrent entre le ministère et l'opposition :

1° Les Chambres doivent-elles s'occuper du projet de loi relatif à la Régence, avant d'entamer la discussion sur la politique ministérielle?

2° Comment devra être constituée la Régence?

Ces deux questions sont d'une gravité extrême : tous les bons citoyens en sont préoccupés. Elles demandent l'une et l'autre à être promptement résolues; elles ont besoin d'abord d'être bien éclaircies; elles ne peuvent l'être que par la discussion : or, la discussion réclame le tribut d'idées de tous les esprits qui les ont méditées et mûries; nous allons lui payer ce tribut.

Première question. — Les Chambres doivent-elles s'occuper du projet de loi relatif à la Régence, avant d'entamer la discussion sur la politique ministérielle?

Nous commencerons par supposer, comme l'ont fait presque tous les journaux, que le pouvoir législatif a mission d'établir une Régence; puis, cette supposition provisoirement admise, nous nous demanderons s'il s'ensuit que les Chambres doivent suspendre et ajourner toute occupation étrangère à cette occupation majeure, jusqu'à ce qu'elle soit terminée.

L'ajournement provisoire des affaires courantes peut avoir lieu de deux manières : soit que le ministère, exposant, selon l'usage, dans le discours de la couronne, le programme de sa politique générale, annonce en même temps la présentation immédiate d'un projet de loi relatif à la Régence, et que, dans ce cas, les Chambres, en votant l'adresse, renoncent à toute opposition contre la politique ministérielle, pour aborder, sans délai, la discussion du projet de Régence ; soit que, dans le discours d'ouverture, le cabinet, écartant les questions de politique ordinaire, demande que la session ait pour objet spécial la discussion d'une loi sur la Régence, et que les Chambres adoptent cette proposition.

Mais les Chambres, nous en sommes convaincus, ne consentiront pas à un tel ajournement. Elles comprendront que, s'il était nécessaire, avant l'événement du 13 juillet, que la conduite du cabinet actuel fût promptement jugée, la même nécessité subsiste aujourd'hui, et devient plus impérieuse encore. En effet, il ne faut pas que l'attention des hommes politiques, fortement concentrée, par un coup violent, sur les difficultés nouvelles surgies à l'intérieur du pays, se laisse détourner du spectacle des intérêts non moins sérieux engagés dans la politique extérieure. La question du droit de visite est toujours pendante ; elle veut être résolue sans retard. Que M. Guizot ait l'audace de braver la réprobation publique jusqu'au point de réclamer de nouveau la

ratification de son traité projeté avec l'Angleterre ;
ou que, désespérant d'arriver à ses fins, et persis-
tant à s'attacher au pouvoir avec la fureur d'ambition personnelle qui le caractérise, il renonce à cette
honteuse ratification, il importe que les représentants de la France prononcent sur le sort d'un
homme qui a si profondément blessé le sentiment
national ; il importe que le soin de notre honneur et
l'avenir de notre prospérité industrielle et commer-
ciale soient confiés à de plus dignes mains.

Si donc le discours du trône est rédigé dans la
forme ordinaire, s'il expose un plan de conduite
général de la part du cabinet, les débats doivent
s'ouvrir largement, se dérouler sans précipitation,
porter sur tous les points qui méritent d'être exa-
minés, et se fermer enfin par une manifestation
précise de l'esprit de la nouvelle chambre élective,
et par la création d'un ministère dont les vues ré-
pondent à cet esprit. Que s'il arrivait, comme nous
l'avons prévu plus haut, que le cabinet reportant à
une époque postérieure l'exposé de sa politique,
prétendît consacrer exclusivement la session à une
délibération sur la loi de Régence, il serait du devoir des deux Chambres, il serait particulièrement
du devoir de la Chambre des députés de protester
contre cet expédient scandaleux, dont le vrai but
ne tromperait personne. Il serait du devoir des
Chambres de déclarer hautement dans l'adresse, à
côté de l'expression de leur dévouement à la royauté

et à la dynastie, que le cabinet actuel ne possède pas leur confiance, et que le premier acte à réaliser dans les grandes circonstances où est placé le pays, c'est la formation d'un ministère national qui puise sa force dans l'assentiment de la majorité.

En vain les partisans du ministère répéteront-ils, faute d'autre argument, que la loi de Régence est une loi urgente, qu'elle n'admet aucun retard et commande l'union. Une loi urgente, d'accord ; mais c'est une loi difficile aussi, et qui demande réflexion ; une de ces lois dont les résultats sont immenses, et dont il ne convient pas de faire ou de laisser faire un instrument d'escamotage au profit d'une existence ministérielle menacée. Qu'on y songe bien surtout, la plus ferme base sur laquelle puisse s'édifier une institution comme la Régence, institution peu solide de sa nature, c'est la confiance du pays. Oui, sans doute, pour fonder une Régence capable de braver les périls qui l'attendent, l'union est indispensable. Sous ce rapport, les ministériels parlent juste. Nul ne prévoit, au fait, ce que recèle l'avenir. Mais ce que tout le monde sait trop bien, c'est que nous avons traversé, depuis cinquante ans, une succession d'époques orageuses, et que nous n'en sommes pas entièrement sortis. Sans doute, et c'est là la plus sûre garantie de l'avenir, les bons esprits, au jour où nous vivons, sont lassés des troubles civils ; les agitations, nous le pensons au moins, ne prendront donc pas désormais leur source dans l'ef-

fervescence des esprits ; mais les événements !... Les
événements se plieront-ils à la volonté des hommes,
et ne la domineront-ils jamais ? Nous avons le droit
de l'espérer ; nous n'avons pas le droit de nous en
dire certains. Oui, malheureusement, il peut arriver,
un jour, que de nouvelles luttes, que de nouvelles
discordes soulèvent, malgré nous, le sein de la pa-
trie apaisée ; il peut arriver que la Régence, il peut
arriver que la jeune dynastie soient ébranlées par
de dangereuses attaques ; et alors, où trouveront-elles
leurs moyens de défense, où trouveront-elles leur
plus inébranlable rempart, sinon dans les sympathies populaires et dans les sympathies de la classe
intelligente surtout, à laquelle appartient la vraie
puissance aujourd'hui ? Or, ces sympathies, qu'un
gouvernement national sache se les concilier
d'avance ; que, dès aujourd'hui, il rende l'union possible sur la grande question d'avenir dynastique qui
va se décider ; qu'il la rende possible au moins entre
les fractions divisées du parti constitutionnel, et il
aura conjuré la plus grande part des dangers que
nous redoutons.

Mais, à présent, nous nous adressons à tous les
gens de bonne foi, ce gouvernement national et mo-
déré, dont la sagesse et le patriotisme réunis suffi-
ront seuls à opérer la fusion, sur un point capital,
entre les fractions du parti dynatique, est-ce le gouvernement du cabinet actuel ? sera-ce la modération
de M. Guizot, sera-ce son patriotisme, qui réalise-

ront, parmi nous, cette belle œuvre d'alliance, de pacification et d'affermissement? Non certes, personne n'oserait le soutenir. Les conservateurs les plus déclarés ont renié cet homme aux élections dernières. Il est frappé maintenant de la réprobation universelle et méritée qui punit les grands esprits égarés, lorsque, méconnaissant leurs propres principes, et sacrifiant à une ambition égoïste les convictions naguère professées avec ardeur, ils tournent contre les droits sacrés qu'ils devraient défendre la puissance conquise au nom de ces droits. Non, ce n'est pas celui qui refuse aux capacités les mieux prouvées le droit d'élection; ce n'est pas le promoteur le plus violent de toutes les lois de réaction; ce n'est pas l'auteur du scandaleux traité destiné à réduire la France en état de vassalité maritime; ce n'est pas lui ni le cabinet dont il est la tête, sinon le chef officiel, qui sauront s'attirer cette popularité élevée et digne, cette confiance de la nation, sur lesquelles il faut, en ce moment plus que jamais, que notre gouvernement s'appuie.

Que l'odieux calcul du ministère soit donc déjoué; que les Chambres ne se laissent pas détourner du premier devoir qu'elles ont à remplir en lui retirant un pouvoir mal employé, par le prétexte menteur que l'urgence de la loi de régence ne souffre pas même un délai de quelques semaines. Eh quoi! sommes-nous déjà en présence d'une minorité? ou bien la santé du Roi est-elle chancelante? Grâce à Dieu, il n'en est rien. Le Roi vient de montrer, à l'instant même, par son calme stoïque opposé au malheur, tout ce que conservent encore d'énergie et de vitalité ses facultés puissantes. N'ayez pas peur, n'ayez pas peur, messieurs du ministère, que le Roi s'éteigne avant vous. Le Roi a encore devant lui une bonne série d'années : sa santé nous le promet; et ce qui nous le promet aussi, c'est son heureuse destinée, c'est l'appui de la Providence, qui, ne lui ayant pas manqué jusqu'au funeste jour de la mort de son fils, ne l'abandonnera pas non plus après une de ces épreuves cruelles qu'elle jette à travers ses faveurs.

Voilà ce que les Chambres comprendront : les Chambres voteront avant tout sur l'existence ministérielle, et renverseront, sans hésiter, un indigne ministère.

Deuxième question. —Comment doit être constituée la Régence?

Cette question est double; elle porte sur deux points bien distincts, que voici :

1° A quel pouvoir appartient-il de constituer la Régence?

2° Quelle devra être la forme du gouvernement de la Régence?

Le droit de constituer la Régence n'appartient

pas à la puissance législative. Il n'est pas un publiciste sérieux et de bonne foi à qui cette assertion puisse paraître un instant contestable. Nous allons le prouver.

Quelle est la fonction d'une Régence? Elle consiste à exercer le pouvoir exécutif, et à participer, en outre, pour un tiers, à l'exercice du pouvoir législatif. A qui le pouvoir exécutif a-t-il été dévolu par la Charte? Au Roi. « Au Roi seul appartient la puissance exécutive. »

Mais si le Roi est mineur ou incapable? Évidemment, en pareil cas, il ne saurait exercer le pouvoir exécutif; une Régence est de nécessité absolue.

Or, la Charte n'a rien décidé touchant la minorité ou l'incapacité du roi. Elle n'a pas déterminé, pour ce cas éventuel, l'organisation d'une régence. En un mot, la Charte n'a pas réglé, d'une manière complète, l'exercice du pouvoir exécutif. Le roi étant majeur et capable, elle l'a attribué au roi; le Roi étant mineur ou incapable, elle ne l'a attribué à personne.

On le voit donc, la lacune laissée dans la Charte est immense. Elle n'a pas prévu un certain ordre de circonstances, une certaine période de temps à passer pour l'état, pendant la durée desquels le pouvoir exécutif étant inerte entre les mains royales, ce pouvoir, par cela même, n'existe plus. Dans un tel état de choses, en constituant une Régence, on fait une véritable attribution, une véritable délégation du pouvoir exécutif pour une époque et pour un temps déterminés ; pour l'époque, pour le temps, soit de la minorité, soit de l'incapacité du Roi.

Il y a plus, ce n'est pas seulement, comme nous l'avons fait remarquer plus haut, le pouvoir exécutif, c'est encore une portion du pouvoir législatif qu'il s'agit de déléguer à une régence ; car la régence réunit toutes les prérogatives royales, au nombre desquelles compte la participation à la puissance législative.

Là-dessus, nous le demandons, est-ce au pouvoir législatif que compète le droit de constituer le pouvoir exécutif, même temporairement ?

Est-ce au pouvoir législatif que compète le droit de déléguer le partage de sa propre puissance, même temporairement ?

En d'autres termes, est-ce au pouvoir législatif à établir la régence ?

Évidemment non. Il est clair que le pouvoir législatif n'a aucun de ces droits. L'établissement d'une régence n'est pas un acte de législation ; c'est un acte de souveraineté. En accomplissant un acte de souveraineté, le pouvoir législatif, lequel relève du *souverain*, usurperait les droits du *souverain*.

On a prétendu, il est vrai, que le roi, même mineur, a la jouissance des attributions de la royauté fixées par la Charte, et que la régence n'en détient que l'exercice ; que, par conséquent, disposer de l'exercice de ces attributions, ce n'est pas disposer des attributions mêmes. Cette distinction, empruntée au droit civil, est fausse en droit politique, dans le cas spécial qui nous occupe ; car les attributions de la royauté n'ont de réalité et d'existence que par l'exercice. Le pouvoir exécutif particulièrement, en quoi consiste-t-il ? Dans l'exercice de la souveraineté, au nom du *souverain*. Ainsi, que serait-ce pour le roi mineur que la jouissance du pouvoir exécutif ? Ce serait toujours, probablement, l'exercice de la souveraineté, au nom du *souverain*, mais seulement un exercice qui ne s'exercerait pas. Singulier exercice, franchement !

Voilà néanmoins la conclusion à laquelle aboutit le système de ceux qui imaginent une distinction arbitraire entre l'exercice et la jouissance des attributions royales. Répétons-le donc, la délégation des attributions royales, la délégation de la régence, est un acte de souveraineté.

Reste à rechercher, après cela, où réside la souveraineté en France ; et cette recherche offrira peu de difficultés.

La souveraineté n'appartient à aucun individu. Nul n'a été marqué par la Divinité d'un signe de commandement devant lequel soient tenus de s'abaisser les autres hommes : le droit divin, ceci est superflu à rappeler, est un mensonge né au sein de l'ignorance et de la barbarie. A qui appartient donc la souveraineté ? A tous ; mais à tous ceux, bien entendu, qui sont en état de l'exercer. Quels sont les hommes en état de l'exercer? Les hommes d'une intelligence assez développée pour s'élever à la compréhension des affaires politiques; sinon à une compréhension parfaitement claire, au moins à une compréhension suffisante pour juger la conduite de ceux qui traitent ces affaires, ou aspirent à les traiter, et pour choisir parmi eux leurs représentants.

Tels sont les vrais fondements de la souveraineté.

Ils n'ont pas encore reçu, chez nous, toute l'extension qui leur est réservée. Beaucoup de citoyens intelligents sont privés des droits électoraux. Aussi, la loi du 19 avril 1831 appelle-t-elle une réforme; car elle fait dériver le droit d'élection de l'intelligence (et de la propriété, il est vrai, mais simplement comme garantie d'intelligence), et le refuse en même temps à plusieurs catégories de capacités reconnues. Il est fâcheux qu'une réforme si juste n'ait pas, jusqu'à présent, été introduite; mais enfin, en attendant qu'elle le soit, il est évident que c'est à la loi du 19 avril susmentionnée, que l'on doit s'arrêter actuellement pour déterminer quels sont les hommes dans la réunion desquels réside la souveraineté. Or, ces hommes sont les électeurs, présumés par la loi de 1831 les seuls citoyens capables d'exercer la puissance souveraine.

Les électeurs doivent donc être convoqués pour des élections nouvelles et spéciales, dans lesquelles ils choisiront des représentants chargés d'ajouter à la Charte le complément qui lui manque, c'est-à-dire un chapitre sur la régence.

Ces représentants ne devront pas être des députés ordinaires. Ils devront former une assemblée constituante, réunie à l'effet de compléter la constitution. Ils devront être choisis, dès lors, parmi tous ceux qui satisfont, par l'âge et par le cens, aux conditions d'éligibilité, même parmi les pairs de France et les autres citoyens exclus du droit ordinaire de la députation : en effet, s'il y a incompatibilité entre la dignité de pair, par exemple, et le mandat législatif, l'incompatibilité n'existe plus entre cette dignité et le mandat d'un député constituant. Quant à fixer le nombre des députés constituants, ceci est un acte législatif auquel les Chambres, de concert avec le Roi, doivent procéder.

Peut-être objectera-t-on que la Charte elle-même n'a pas été votée par une assemblée constituante ; nous le reconnaissons. La Charte a même été revisée et votée par une chambre incomplète et sans mandat ; celui qu'elle tenait des élections faites sous la restauration étant détruit par la révolution, et aucun mandat nouveau ne lui ayant été confié. Aussi n'est-ce pas du caractère de ceux qui en sont les auteurs que dérive sa légitimité ; c'est de l'acclamation universelle qui l'a accueillie, adoptée et sanctionnée en 1830. Nous sommes amenés ainsi à nous résumer en disant : la Charte est incomplète. Elle

n'a pas prévu les cas de la minorité ou de l'incapacité du roi et ne les a pas réglés.

Il y a, aujourd'hui, nécessité de combler cette
lacune.

L'acte par lequel elle sera comblée est un acte
constitutif, ou un acte de souveraineté.

La souveraineté appartient exclusivement aux
seuls électeurs reconnus par la loi du 19 avril 1831,
laquelle a été légalement votée selon la Charte, notre
loi politique fondamentale, sanctionnée elle-même
et légitimée en 1830 par acclamation.

Les électeurs doivent être appelés à élire des députés constituants.

La fixation du nombre de ces députés est un acte
législatif, de la compétence du roi et des chambres
législatives.

Que le Roi et les chambres portent donc une loi
par laquelle il sera déclaré qu'il y a lieu à la convo-
cation d'une assemblée constituante, afin de par-
faire la Charte; que cette loi attribue aux électeurs
actuellement reconnus, le droit de nommer les députés constituants; qu'elle en fixe le nombre; qu'elle
décide que tous les éligibles à la députation seront,
par analogie, éligibles à l'assemblée constituante, et
qu'il n'existe pas d'incompatibilité entre la dignité
de pair ni aucune autre fonction excluant de la
Chambre des députés, ordinaires, d'une part, et le
mandat de constituant, d'autre part; qu'elle laisse
au Roi l'office de convoquer, par ordonnance, les

électeurs des constituants, puis ensuite l'assemblée constituante elle-même; que les pouvoirs de cette assemblée soient limités à l'organisation d'une régence, et que la Régence soit, en effet, établie d'après la marche que nous venons d'indiquer, et tout se sera passé légalement et légitimement. Hors de là, il n'y aura rien de légitime ni de légal.

Il importait que le premier point de la seconde question posée dans cet écrit fût traité promptement; nous l'avons fait. Le second point n'exige pas autant de célérité. Il nous a paru convenable, en conséquence, de le méditer quelque temps encore. Nous publierons prochainement un nouveau travail dans lequel sera traité ce second point, et dans lequel seront développées également, s'il en est besoin, les idées émises ici sur le premier point.

Imprimerie de H. Fournier et Cᵉ. 7 rue Saint-Benoît.